五行歌集

- Kanade -

高原 郁子

Kohgen Kaguwashi

そらまめ文庫

まえがき

今回、三冊目の歌集『奏』を出すことに決めました。

気付けば、いつも五行歌を詠んでいます。歌の中では、私は自由に飛べるような気がします。

歌人となって未だ間も無い私ですが、毎日五行歌の奥深さに打ちのめされています。

たった五行ではあるけれどもその中に詠み手の人生、人柄が圧縮されており、まるで額に入った一枚の絵を眺めている様な気がします。

私達歌人は、皆同じ船に乗っています。

でも、役割は人それぞれ…。

向かう先は同じ、目指す先も同じだと思っています。

歌人同士、歌会で切磋琢磨しながら草壁焔太先生の背中を追い掛けているところです。

師の築いた道程（みちのり）は遠きに有らず、近きに有らず…手が届きそうで届かない、そんな思いで日々五行歌と格闘しております。

歌集作成に三好叙子副主宰、編集担当の水源純様、装丁担当の井椎しづく様、ほか事務局の皆様に大変お世話になり、心より感謝申し上げます。

今後も草壁焔太先生の背中にしがみつく様に五行歌を奏でて行きたいと思っています。

高原郁子

目次

I

ほんとうに
よいことばは
たぶん
どこぞでだれぞが
すでにつことる

トイレを
掃除しただけで
主婦の
鑑（かがみ）になった
気がする

事の発端は
いつも
自分なのに
まるで
他人事のように言う

雑踏の中
自分一人だけ
空間が
止まっている
気がする

嬉しいことなんて
すぐ側(そば)にあるよ
命がある
ほら
あった

ゴールなんか
無いんだよ
死ぬまではね
毎日が
スタートだからね

態度は
其れ程では
ないにしても
心は厚かましいと
自覚している

自由って
何だろう
そう思った時に
自由であることに
気付いた

眠っている
間も
心は
耕されて
いる

隙
あらば
入る
という
欲

さようなら
昨日の
私
アルバムの中に
入りなさい

自分が
勝手に
転んだのに
そこを通る度
睨(にら)み付ける

近くに
幸せが有るのに
人は
遠くの
幸せを求める

悲しいと
人は
嬉しい時を
忘れる
悲しい生き物

砂時計を
ひっくり返す時
心に
水が
湧く

本当の
魚を食べに
本当の
空を見に
帰省する

今朝
故郷の母より電話有り
郁子の植えた
アンジェラが
咲きほこっていると

月を
眺めた時
弧を描（えが）く
人生も
いいなあと思った

こんな立派なお城に
住みたいと
思った途端
波にさらわれる
砂の城

同窓会は
やっぱりいい
相手の
年齢を
気にしなくていいから

高原さんは
体調が
優れないと
ほぼ天気か
夫のせいにする

あなたは
人生で
悲しい時
傘を
さしますか

幾度となく
打ち上がる
花火の様に
言の葉が
打ち上がる

閻魔様に
厄介者扱いされて
此の世に
来た可能性も
無きにしもあらず

百歳近い
現役医師が
死が怖いと言ふ
やはり医師も
一人の人間なり

亡き家族が
其処に
居るように
そっと
背をさする

私は温厚そうに
見られるが
日々　心の中で
ちゃぶ台を
引っくり返している

頑張っていると
時に神さまが
微笑む
この花が
それか

II

娘のテスト期間中
勉強せん
お母さんの胃は
ずっと
痛い

子供達は皆
詩人なり
どんな詩を作っても
子供達には
敗北

生まれる
前から
私は私で
あった気が
してならない

娘が幼き頃
動物園で象を見る度
「エレファント！」
今や其の面影無し
私の英才教育は　いずこへ

娘の部屋のドアに
「入るな」の貼り紙が…
可愛い反抗期
定期的に入って
掃除している

さんざん悪いことをして
死ぬ間際に
ドカンといいことをして
天国に滑り込もうと
思っている

闇と光を
行き来していると
時に命に出会う
人々は　それを
希望と言う

人の優しさに
触(ふ)れた時
過去の罪を
洗い流せると
思えてくる

母との
時間を
膨らみかけの
蕾のように
過ごしをり

未来は
過去を
歩く
作業でも
ある

心を
決められない
人は
人生も
定まらない

本当のことを
言おうとした時
風が吹いたので
本当のことが
言えなかった

野良猫が
我が庭に侵入
追い返さず
眺めること三十分
のんびり出来ていいなあ

ハムスターより
モルモットより
大きな生物
ベランダを通過した
未確認生物？

枯れている
花を
何度も
拝む
人が居る

生まれ変わっても
また人間になりたい
やりたいこと　いっぱいあって
やり尽くせないから
また人間になりたい

忘れた頃に
やって来る
地震
と
自信

この世に
来たのは
一度ではないと
何処かで
思っている

いい歌には
いい呼吸がある
その人が
生まれる前から
持っていたような

大人になってから
見えるもの
嘘と欲と
立前と
渦

「おーい青だ」
突進して来る
小学一年生たち
真ん中で
くるくる回る心

実家の
井戸水を
飲むと
喉が
透き通る

見ることを
知らない人は
頰笑むことを
何時(いつ)
知るのだろう

月光
満ちて
心の
底に
溜まる

うさんくさい人に
近付きはしないが
どうして
そうなったのか
興味はある

ふるさとは
ゆっくり
時間が流れ
私の「とき」を
止める

零れるのは
涙
だけじゃない
汚(けが)れも
零れる

主治医にも
告げぬ
体調あり
墓場まで
持って行くつもりだ

未来を背負い立つ
稚児達を
籠に詰め込み
ワッセワッセ
保母さん頑張れ！

おばあちゃん
郁子、五行歌の
特選欄に載ったよ
「郁子ちゃん
おめでとう、おめでとう」

人間って
結局いつも
自分を
肯定(こうてい)しながら
生きている

洗濯機の中を
覗(のぞ)き込み
たまに
一緒に
回りたいと思う

生きたくても
生きられなかった
人たちの
今日を
生きている

本当に
見たい空は
見れないんだよ
だから
創り上げて行くんだ

温泉で
幼子達が泳ぐ
お尻だけが
あちこち
移動している

目覚めれば
私のキャンバスは
いつも真っ白
今日は何を描こうか
ワクワクしている

もう一度
娘に
添い寝したい
娘には
嫌がられるだろうが

やっぱり
このイリコで
ないといかんわと
引きちぎりながら
歌を書く

両親は
音痴ではないのに
なぜ私は
音痴なのか
…突然変異

こっちに来りゃあ
寒いし
あっちに行きゃあ
暑いし
やれやれ…

漏れてはいけない
内容が義弟に漏れた
と母が泣く
我は母にこう放（はな）った
「面白くなってきたじゃん」

母が泣き止（や）んだ
人生は
考えようで
幾等（いくら）でも
変わるよ

何？
私の
娘と
結婚
したいだと？

「はい」
郁子さん人差し指で
眼鏡を少し持ち上げ
青年を
じろりと見る

娘をどの位
愛している？
「はい
え～と
この位です」

なっ何？
たった
それだけ？
無限にと言え
無限にと

はい
おかあさん
娘さんを
無限に
愛しています

今、何と言った
おかあさん？
未だ結婚もしていないのに
それに私を
とっしょり扱いしおって

「すみません
では何と
お呼びすれば」
郁子さんと
呼びなさい

私は娘が
結婚したら
迷惑はかけぬ
死んだら
風葬にしてくれ

おっおか…
あっ郁子さん
現在の日本では
多分
火葬と思われます

何？
私が死ぬ頃には
変わって
おるかも
しれん

（何かと
面倒な
おかあさんだなあ）
えっ？
何だって？

「失礼しました
おっおか…

あっ郁子さん」

……合格！

「あっ有難うございます」

誰が
一人娘を
此の世に
残して
逝くものか！

閻魔(えんま)殿が一言
「それでは
高原さん
え～と
さようなら」

はい、さようなら
「お釈迦様に願いが
届きますように」
閻魔殿もたまには
良いことを言うのだな

その瞬間
閻魔殿と
家臣達皆
ずっこける
「たっ高原さん…」

お釈迦様
質問が有ります
私は何時　人間界に？
「閻魔殿の報告を聞いて
すぐにしていますます暫しお待ちを」

時間が無いのです
もう船に乗ります
「あっ高原さん
それは地獄行きの船」
何でもっと早く言わないのですか

私はこう見えて
泳げないんですよ
「そうは見えませんが」
お釈迦様には全て
見えているのではないですか

今度私が
天国に来るまでに
こんなちゃちい船でなく
沈没しない豪華客船を
用意しておいて下さい

「高原さんそれは
いくら何でも言いすぎでは」
あっ私としたことが
失礼致しました
お釈迦様に対して

「いえいえ良いのです
高原さんの口の悪さは
閻魔殿から
聞いておりますから」
高原さんずっこける

天国でも地獄でも
お世話になりました
「娘さんとお元気で」
ちょっと泣けること
言ってくれるじゃあないですか

お釈迦様さようなら
「高原さんさようなら
又、お待ちしていますね」
今何と？
もう二度と来(こ)んわ！

Ⅳ

ゴールしたいから
スタートに
就くのではない
スタートしたいから
スタートに就くのだ

稚児達は皆
笑みながら走る
我ら大人達は皆
無表情で
歩んでいる

つらいと思ったら
実家に帰り
仏壇の前に座り
ご先祖さまの
顔を拝(おが)む

何十年も
止まっていた
教室の掛け時計
同窓会の時だけ
時間(とき)を刻む

結婚しなくても
良かったのだが
年頃になったら
結婚するという
システムで結婚した

結婚生活は
料理のよう
時に甘く
時にしょっぱく
出来上がりはまずまず

今まで主人に
足を向けて
寝ていたが
三日前から
枕を逆にした

何？　閻魔殿　私の口が悪いと？
それは母からの遺伝です
「ですから母上(ははうえ)の時も
私は迷いに迷い
会議を開きました」

それで私の母は
どっちにいるのですか？
「あなたの母上は
え〜ちょっと待ってください
二十年も前の事ですから」

早くして下さい
時間が勿体無いわ！
「せっかちな所も
母上そっくりですね
くすくすっ…」

何が可笑しいんですか？
それで結果は？
「あっありました
あなたの母上は
現在天国にいます」

ふ～っやれやれ…
ところで私は
どっちですか？
「会議をするので
暫しお待ちを」

何分かかるんですか？
父と母が
天国で待っているんです
「分かりました
十分で終えます」

神よ
見ているか
笑顔に
溢れている
人々の姿を

此の世に
せっかく
生まれて来たんだから
頑張れば良い
そうだろう？　そうだ

人は
自分が
思っている程
自分を
見てはいない

お腹等(なかなど)
空(す)かぬが
目の前の
食事を
有難く食べろ

一人静かに
神社に行き
人の手を借り
写真に
収まる

郁子さんの
思った通りのものが
セブンイレブンで
手に入りましたよ
そう、そのプリンだ

あの人のせいで
こうなった
のではない
自分のせいで
こうなった

弾け飛んだ
心の
ボタンが
上空へ舞ったまま
落ちて来ない

これ以上
私から
何を奪うのだ
もう魂しか
残っておらぬ

そうだ
それが
欲しいのだ
早く
遣せ

御前になど
やれぬ
死んでも
御前になど
やるものか

それでは
その
身体をいただく
そう
今からな

身体を
奪われても
御前に
我の魂は
やらん

それでも
取りたいのなら
取って見せろ
今
我の目の前でな

どうだ！
潔（いさぎよ）く取れ
何故
取らない
早く取れ

怖じ気づいたのか
ならば
悪魔よ
早く戻れ！
地獄にな

それで良いのだ
強い心を持て
その心なら
悪魔も　もう二度と
戻っては来まい

「閻魔さま
魂を
取って来れませんでした」
もう良い
最初から分かっておった

魂を取ることだけが
我らの仕事ではない
此の世から悪人を
無くすことが
我らの仕事だ

空の
何もかもが
自分を
責めているような
夜

毎日高層ビルに
驚いている
我が故郷では
滅多にお目に
かかれぬ故（ゆえ）

臨終間際の祖父が
病院で隣で苦しむ
男性に何度も訴える
「おいっお前
ナースコールを押せ」

日本人なら
箸を使えと
今日も我は
ホットケーキを
箸で切り裂く

「おいっ桂子(けいこ)
郁子(いくこ)がペチャペチャ
食事しよるぞ」
亡き祖父に注意され
それ以来口を閉じる

V

言わずとも
人を
愛すれば
自ずと人から
愛される

自分の
生きたいように
生きれば良い
自分の
人生なんだから

どんな大きな
穴に落ちたって
何度も
上(のぼ)ってくればいい
そうだろう?

愛するもの
全て置いて
天へ
ゆく
気持ち

此の世で
信じられるものは
自分だけだ
そうだろう？
そうだ

私が古く
なったんじゃない
世の中が
新しく
なったんだ

ヒャッホー
ヒャッホーと
心の中で呟きながら
帰宅する
少々　イカれた我

じいさんや〜
ばあさんや〜
じいさんや〜
ばあさんや〜
で日が暮れる

若さが
無くなったら
何をすれば良いかって？
目の前を見ろ
行き止まりなんて無い

その行動を
続けた
人の想いを
探り当てた時
頭（こうべ）を垂れる

神社の下に
潜り込んで
只ひたすら
蟻地獄の巣を荒らす
友人達と

「品格、品格って
うるさいなあ」
高原さんは
横綱でないきん
分からんのじゃわ

死ぬ
覚悟は
生きろ
という
覚悟

食パンの耳を
食べない夫
耳ばかり食べる私
これも
夫婦の形

下校中
山頂から下に
ランドセル放り投げ
友らと滑り降りた
竹の子山

進んだ道が
もし間違っていたら
Uターンなり
何なり
すれば良いだけ

四十代　楽しかったな
ありがとう
今から
感謝の言葉を
考えている

どんなに
打ち解けても
襖一枚
超えてはならぬ
他者の心へ

我を日々
困らせているのは
東西南北が
分からない
それだけである

突然
やって来て
元気かと
尋ねる
大雨

月にも
太陽にも
自分の
生き方がある
我もそれと同じ

言わぬのが
美徳と
育てられた
人間は
気の毒だ

他者にとっては
ただの染みでも
私にとっては
思い出の詰まった
色もよう

へ～こら
へ～こら
育てた作物
ぬすっとに
持って行かれ

未だ来ない
と書く
未来に
いつも
わくわくする

大根を
コトコト
煮ると
やがて
祖母の顔になる

人生に
どんな荒波が
来るか分からないので
頑丈な雨ガッパを
用意している

死んだら
蝶になりたい
見慣れた景色を
一通り見てから
天空に上がりたい

師と歩く
駅までの道程
歩みを
合わせ
進めをり

跋

草壁焰太

高原氏は五行歌に加わって、四年目くらいになる。最初の年に『雅』を出版し、翌年『紬』を出版し、それからすこし間が伸びて二年数ヶ月して、この『奏』を出版することになった。彼女は最初から、この三冊を刊行すると決めており、タイトルも決まっていた。

ちょっと特別な頭脳の持ち主である。彼女は、前頭葉の大脳皮質が動いていると歌の中では言っている。

そう自覚しているということである。このたび、すこし間があったのは、私が前回の出版のさい、いくらなんでも早すぎるといった意味の跋を書いたからではないかと思う。なにしろ、毎年一冊ずつというのは、多すぎる気がした。しかし、歌集は毎年出しても、毎月出しても、かまわないはずで、私が制約したのは間違いだったかもしれないと思う時もある。

すべてから自由であるなら、何冊出してもいいではないか。しかし、それでも毎年は多い。理由は明確ではないが、そういわざるを得ないところがあった。

理由がないのだから、私にもよくわからないのである。歴史上なかったにすぎない。

今度の歌集、いままでの二冊と比べると、やや水準が高いような気がする。引用したいと思った歌の数が、いままでより多かった。

ということは、私の基準でいう名品が多いということである。彼女の五行歌の特徴は、浮かんだそのままを記述しているかのように見えるが、ときに、とんでもないような完璧な名品があるということである。

ほんとうに
よいことばは
たぶん
どこぞでだれぞが
すでにつことる

未だ来ない
と書く
未来に
いつも
わくわくする

娘のテスト期間中
勉強せん
お母さんの胃は
ずっと
痛い

ふるさとは
ゆっくり
時間が流れ
私の「とき」を
止める

これらは、自然体で書いたからこそ、自然で完璧で過不足がないというものになっている。本来、詩歌は彼女のように、作らないで「叫ぶ」ものかもしれない。出てくるものが詩なのであって、作ったものは詩ではないというのが、彼女の考えで、確かにこれらの歌は、それ以外の方法では出てこないような気がする。

私は、こういう人のために、「五行歌」という自然体の詩型を作ったのかもしれない。

「品格、品格って
うるさいなぁ」
高原さんは
横綱でないきん
分からんのじゃわ

温泉で
幼子達が泳ぐ
お尻だけが
あちこち
移動している

まだあるが、ここらで控えておこう。これらの歌には、五行歌公募で賞を取ったものや、『五行歌』誌の表紙の歌になったものがある。この人は、たいへんなうたびとかもしれんな、と思うことがある。私もこのような書き方をすべきかと。

五行歌五則 ［平成二十年九月改定］

一、五行歌は、和歌と古代歌謡に基いて新たに創られた新形式の短詩である。

一、作品は五行からなる。例外として、四行、六行のものも稀に認める。

一、一行は一句を意味する。改行は言葉の区切り、または息の区切りで行う。

一、字数に制約は設けないが、作品に詩歌らしい感じをもたせること。

一、内容などには制約をもうけない。

五行歌とは

五行歌とは、五行で書く歌のことです。万葉集以前の日本人は、自由に歌を書いていました。その古代歌謡にならって、現代の言葉で同じように自由に書いたのが、五行歌です。五行にする理由は、古代でも約半数が五句構成だったためです。

この新形式は、約六十年前に、五行歌の会の主宰、草壁焰太が発想したもので、一九九四年に約三十人で会はスタートしました。五行歌は現代人の各個人の独立した感性、思いを表すのにぴったりの形式であり、誰にも書け、誰にも独自の表現を完成できるものです。

このため、年々会員数は増え、全国に百数十の支部があり、愛好者は五十万人にのぼります。

五行歌の会　https://5gyohka.com/
〒162-0843 東京都新宿区市谷田町三—一九
川辺ビル一階
電話　〇三（三二六七）七六〇七
ファクス　〇三（三二六七）七六九七

高原 郁子（こうげん かぐわし）
1971年4月22日生まれ
香川県三豊市出身
四国学院大学文学部人文学科卒業
特技、陸上・硬式テニス
著書
五行歌集『雅 -Miyabi-』『紬 -Tsumugi-』（市井社）
絵本『ひいおばあちゃんのビー玉』（文芸社）

そらまめ文庫 こ 1-3

五行歌集　奏 -Kanade-

2021年4月22日　初版第1刷発行

著　者　　高原郁子（こうげんかぐわし）
発行人　　三好清明
発行所　　株式会社 市井社
〒162-0843
東京都新宿区市谷田町 3-19 川辺ビル 1F
電話　03-3267-7601
https://5gyohka.com/shiseisha/

印刷所　　創栄図書印刷 株式会社
装　丁　　しづく

ISBN978-4-88208-185-2　C0292

落丁本、乱丁本はお取り替えします。
定価はカバーに表示しています。

そらまめ文庫

い 1-1　白つめ草　石村比抄子五行歌集

お 1-1　だいすき　鬼ゆり五行歌集

お 2-1　だらしのないぬくもり　大島健志五行歌集

お 3-1　リプルの歌　太田陽太郎五行歌集

か 1-1　おりおり草　河田日出子五行歌集

く 1-1　恋の五行歌　キュキュン200　草壁焔太 編

こ 1-1　雅 —Miyabi—　高原郁子（こうげんかぐわし）五行歌集

こ 1-2　紬 —Tsumugi—　高原郁子（こうげんかぐわし）五行歌集

こ 2-1　幼き君へ〜お母さんより　小原さなえ五行歌集

さ 1-1　五行歌って面白い　五行歌入門書　鮫島龍三郎 著

さ 1-2　五行歌って面白いⅡ　五行歌の歌人たち　鮫島龍三郎 著

さ 1-3　喜劇の誕生　鮫島龍三郎五行歌集

み 1-1　一ヶ月反抗期　14歳の五行歌集　水源（みなもと）カエデ五行歌集

や 1-1　宇宙人観察日記　山崎 光五行歌集

ゆ 1-1　きっと ここ —私の置き場—　ゆうゆう五行歌集

※定価はすべて 880 円（10% 税込）です